AF451646

CATALOGUE

DE

BONS

TABLEAUX

ANCIENS

Povenant de la Collection de M. le Marquis de P... de Montauban

OBJETS D'ART

MEUBLES ANCIENS, BRONZES D'ART, PORCELAINES ET FAIENCES ANCIENNES, VERROTERIES ET CURIOSITÉS DIVERSES.

DONT LA VENTE AURA LIEU

HOTEL DES COMMISSAIRES-PRISEURS

RUE DROUOT, 5

SALLE N° 1, AU PREMIER ÉTAGE

LES LUNDI 8 ET MARDI 9 AVRIL 1861, A 2 HEURES.

M⁰ **DELBERGUE-CORMONT**, Commissaire-Priseur,
rue de Provence, 8,
Assisté de M. **DHIOS**, Expert, rue Le Peletier, 33,
Chez lesquels se distribue le présent Catalogue.

EXPOSITION PUBLIQUE

Le Dimanche 7 Avril, de midi à 5 heures, et le jour de la vente, de midi à 2 heures.

PARIS

RENOU & MAULDE

IMPRIMEURS DE LA COMPAGNIE DES COMMISSAIRES-PRISEURS
Rue de Rivoli, n° 144.

1861

CATALOGUE

DE

BONS

TABLEAUX

ANCIENS

Povenant de la Collection de M. le Marquis de P... de Montauban

OBJETS D'ART

MEUBLES ANCIENS, BRONZES D'ART, PORCELAINES ET FAIENCES ANCIENNES, VERROTERIES ET CURIOSITÉS DIVERSES.

DONT LA VENTE AURA LIEU

HOTEL DES COMMISSAIRES-PRISEURS

RUE DROUOT, 5 

SALLE N° 1, AU PREMIER ÉTAGE

LES LUNDI 8 ET MARDI 9 AVRIL 1861, A 2 HEURES.

M⁰ **DELBERGUE-CORMONT**, Commissaire-Priseur,
rue de Provence, 8,
Assisté de M. **DHIOS**, Expert, rue Le Peletier, 33,
Chez lesquels se distribue le présent Catalogue.

EXPOSITION PUBLIQUE

Le Dimanche 7 Avril, de midi à 5 heures, et le jour de la vente, de midi à 2 heures.

PARIS

RENOU & MAULDE

IMPRIMEURS DE LA COMPAGNIE DES COMMISSAIRES-PRISEURS
Rue de Rivoli, n° 144.

1861

CONDITIONS DE LA VENTE.

———

Elle sera faite au comptant.

Les Acquéreurs paieront CINQ pour CENT en sus du prix d'adjudication, applicables aux frais.

PREMIÈRE VACATION.

DÉSIGNATION

DES

TABLEAUX

CORRÈGE (Antonio Allegri, dit le).

1 — La Vierge et l'Enfant Jésus.

> Deux hommes, dont les connaissances ont fait autorité,
> M. Lafontaine, commissaire-expert du Muséo royal, et
> M. Roux, du Cantal, expert en tableaux, ont affirmé,
> dans une expertise écrite qui est entre nos mains, que
> ce tableau était l'œuvre du Corrège, connu sous le nom
> de la Vierge au chardonneret.

DOLCI (Carlo).

2 — Mater Dolorosa.

BARROCHIO.

3 — Le Christ au sépulcre.

GIORGION,

4 — Portrait de Grimani, doge de Venise.

BASSAN (Jacques).

5 — L'Adoration des Mages.

CARRACHE (Annibal).

6 — L'Annonciation.

TITIEN.

7 — Le Martyre de saint Laurent.

PARIS BORDONE.

8 — Le Denier de César.

PÉRUGIN.

9 — Le Christ et la Vierge.

VELASQUEZ.

10 — Un Moine tenant un crucifix.

MURILLO.

11 — Agar renvoyée par Abraham.

CARRACHE (École des)

12 — Saint François d'Assises.

BERGHEM (Nicolas).

13 — Paysages et animaux.

Ce tableau était dans la chambre à coucher de Louis XVI avant la Révolution.

METZU (Gabriel).

14 — Portrait de François Flamand.

WOUVERMANS.

15 — Paysage et cevaliers.

RUBENS (Attribué à).

16 — Paysage.

MATTON

17 — Le Joueur de trompette.

TENIERS (David) (attribué à).

18 — Un Fumeur.

VICTOORS.

19 — Intérieur d'un cordonnier.

DU MÊME.

20 — Cabaret hollandais.

TÉNIERS (Père).

21 — L'Opération douloureuse.

REMBRANDT (Attribué à),

22 — Portrait d'un rabbin.

DIÉTRICH.

23 — Un Pèlerin.

BREUGHEL (Jean).

24 — Incendie, effet de clair de lune.

DU MÊME.

25 — La Fuite en Egypte.

DE WETH.

26 — L'Adoration du veau d'or.

OMMÉGANCK.

27 — Paysage avec moutons.

SCHUTZ de Francfort.

28 — Paysage, soleil levant.

DU MÊME.

29 — Paysage, soleil couchant.

WYNANTS.

30 — Paysage.

POUSSIN (Nicolas).

31 — L'Annonciation.

POUSSIN.

32 — Paysage avec ruines.

POUSSIN (Nicolas) (attribué à)

33 — Bacchanale.

SENAVE.

34 — Intérieur de ferme.

FRAGONARD (Honoré).

35 — Intérieur de ferme.

MOLYN (Pierre).

36 — Paysage.

CLAUDE LORRAIN (École de).

37 — Paysage.

ZAAFTLEEVEN.

38 — La Découverte du Pérou.

MALBRANCHE.

39 — Paysage avec rivière.

RAPHAEL (d'après).

40 — La Madone de Saint-Sixte.

(Lithographie avant la lettre.)

SALVATOR ROSA.

41 — Diogène dans son tonneau.

CIGNANI.

42 — Une Madone.

DROGSLOOT.

43 — Village hollandais.

DYCK (Van).

44 — Portrait de jeune fille.

ALBANE.

45 — Le Père Éternel.

SIMONE DI PISARÉ.

46 — La Madeleine.

LEMOINE.

47 — Enlèvemement d'une Nymphe.

DANIEL DE VOLTERRE (d'après).

48 — Descente de croix.

WOLMAR.

49 — Combat de chiens et de loups.

SIRANI.

50 — Tête de Christ.

DU MÊME.

51 — Portrait de femme.

SCHUTZ, de Francfort.

52 — Paysage.

BEGYN.

53 — Paysage et animaux.

BIBIENA.

54 — Monuments d'architecture.

BIBIENA.

55 — Pendant du précédent.

HEEMSKERCK.

56 — Joueurs de cartes.

DU MÊME.

57 — Intérieur de famille.

BRANDT.

58 — Paysage avec muletier.

BOURGUIGNON.

59 — Combat de cavaliers.

DU MÊME.

60 — Bataille.

BREEMBERG (Bartholomeu).

61 — Paysage avec ruines.

GOYEN (Van).

62 — Rivière de Hollande.

LEMAY (Signé).

63 — Cascade en Suisse.

CANALETTI.

64 — Vue de Venise.

BACKUISEN (L.).

65 — Marine.

RIBERA.

66 — Tête de vieillard.

LARGILLIÈRE.

67 — Portrait de femme.

LOCATELLI.

68 — Paysage avec pêcheurs.

ALBANE.

69 — Deux Amours.

BERGEN (Van).

70 — Paysage avec animaux.

MARATTI (Carlo).

71 — Sainte Famille.

HONTORST (Gérard).

72 — Femme malade.

SCARCELLINO.

73 — Le Christ mort.

ROBERT (Hubert).

74 — Temple de Vesta.

TEMPESTA.

75 — Marine.

VALLIN.

76 — Jupiter et Léda.

DU MÊME.

77 — Bacchante endormie.

ROSE DE TIVOLI.

78 — Pâtres gardant des bestiaux.

LUCA GIORDANO.

79 — La Délivrance de saint Pierre.

DU MÊME.

80 — Baptême d'un saint.

RICCI (Sébastien).

81 — Les Saintes Femmes.

CARAVAGE.

82 — La Diseuse de bonne aventure.

POËL (Van der).

83 — Incendie d'une ville.

ÉCOLE HOLLANDAISE. (Signé d'un monogramme.)

84 — Fruits.

GUIDO RENI (d'après).

85 — L'Aurore. (Belle copie ancienne.)

VALENTIN.

86 — Tête de guerrier.

TRÉMOLIÈRE.

87 — Un Amour.

ROSE DE TIVOLI.

88 — Chèvres dans un paysage.

(Deux pendants.)

KLOMP (Albert).

89 — Paysage et animaux.

BEGYN.

90 — Bergers gardant un troupeau.

ZAAFTLEEVEN.

91 — Vue des bords du Rhin.

DEUXIÈME VACATION.

OBJETS D'ART

DÉSIGNATION SOMMAIRE.

OBJETS D'ART & DE CURIOSITÉ.

Meubles anciens en chêne sculpté, Lits, Tables, Buffets, Crédences, Armoires, Escabeaux, etc.
Glaces de Venise.

Bronzes. Belles Pendules, dont une style Louis XIV, en marqueterie garnie de bronzes, statuettes et bas-reliefs.

Porcelaines et Faïences du Japon et de Saxe. Quantité de Faïences anciennes de diverses fabriques. Verroteries de Venise et de Bohême.

Objets d'art divers. Ivoires sculptés, Cuivres gravés et repoussés, Étains, Objets de montre, Miniatures, etc.

RENOU et MAULDE, imprimeurs de la Compagnie des Commissaires-Priseurs, rue de Rivoli, 144.   1873